山の向こうに家はある

石川厚志 Atsushi Ishikawa

思潮社

山の向こうに家はある

石川厚志

思潮社

目次

I

カバー写真＝著者

山の向こうに家はある

I

父さんの行方

父さんは、ハローワークだ。
ハローワークこそが、父さんだ。
この頃何だか、こそこそしているかと思いきや、
父さんは、ハローワークだったのだ。
初めて気がついたんだ。
父さんは、ハケンだ。
ハケンの、キュウジンの、シンブンの、チラシだったのだ。
父さんは、あたしたちが紙飛行機にして遊んでいた、
あの、チラシだったのだ。
父さんが、パソコンを、いじいじいじっていたのも、

父さんが、パソコンの、キュウジンの、ジョウホウだったからなのだ。
父さんは、パソコンの上に、載っている――。

父さんは、リレキショの上にも、載っている。
リレキショに、シャシン入りで、載っている。
リレキショは、ショルイの、センコウを受けて、
大抵は、レターで、戻って来る。
でも、たまにテレフォンがかかって来ると、
父さんは、メンセツへと駒を進める。
この頃何だか、家にいないと思ったら、
父さんは、メンセツへ行っていたのだ。
そうだ。父さんは、メンセツだったのだ。
メンセツこそが、父さんだ。

父さん、メンセツへ行ったから、

あたしたち三人で、サーカスへ行ったんだ。
隣町に、やって来た、ちっちゃな、サーカス。
見世物小屋の、中へと入ると、
一輪車乗りや、空中ブランコ。
愉しいな。でも、象さんの芸だけは、ちょっと哀しいな。
後ろ足二本で、立ってみせたり、
お鼻で輪っかを、回してみたり。
象さんのおめめはちっちゃくて、
象さんのおめめは表情なくて、
象さんのおめめは、潤んでる——。

そうだ。父さんは、象さんになったんだ。
見世物小屋で、時給八百五十円で。
象さんになって、あたしたちのため、
今ここで、芸をしてくれているんだ。

父さんは、象さんだ。
象さんこそが、父さんだ。

がいこつ家族の夕べ

とーさんほら味噌汁のワカメがキョーコツにひっかかっとるよ
何言っとんじゃいナットー喉仏から糸ひきながらまったくこの娘《こ》は
と　がいこつ家族の朝はやーけーに騒がしい
とーさんネクタイ首の骨に絞めながら会社に逝ってきまぁすと
娘はランドセルけんこーこつによっこらしょとひっかけていざ学校へ
かーさんボーンにエプロンひらひらとさせながら
息子はそのかたわらで関節ハイハイしている
と　がいこつ家族の朝はまっこと慌ただしー

がいこつ家族は春さくらの灰散る吹雪の下で
娘は自転車乗りのれんしゅーとーさんの手の骨借りながら

足と車輪はホネだらけまったくどっちがどっちか分っからないよこれ
けっきょくまったく乗れないで骨折りぞーんのくたびれもーけかよ
セシウムな風に吹かれて今アルバムのページはめくれてゆきまぁす

夏はかんちょーの浜で潮干狩り
はるばる電車でやってきて息子の頭蓋骨に麦藁ぼーし
そいつぁーまるでしゃれにもならないしゃれこーべ
シャベルで泥すくって貝殻亡骸拾っていまぁす
あるばむ、いまは、どろに、まみれて、めくれて、います。

秋には枯葉散りますす枯葉降り積もります
積もったそれはだいたい三・一一ミリシーベルトぐらいのよーです
とーさん子ども達に歴史伝授しますよ
あっちの谷底逝ってはいけないよあれに見えるは魔の谷、どくろの館
ヨウ素な利権巡ってがいこつ達の骨までしゃぶり

狂犬の歯で骨をくわえて離さないよ
まったくどいつもこいつもこっつにくの争いだよ
どくろの頭で考えたどくろの頭もひび割れて
今じゃああばらだらけのあばら屋で
やんわり、けむりも、はいてます。

冬になったら汚染なレークに氷張り
子ども達すいすいすべってすってんころりんスケルトン
すくっと起きてはすずしー顔してスケートしてまぁす
それでも君らの甲状軟骨眺めると
あばらのすきまにすうすうすきま風吹いてきてよ
かなしみ、まことに、ほねみに、しみます。

がいこつ家族の夕べは静かです
灰の囲炉裏に骨を焼べると

鍋の中では骨が煮えてて
遠く森よりがいこつふくろう
今宵もほうほう鳴いてます
とーさんどぶろくぐいっとやって
かーさんかたわらわらじ編み
娘はおとーと背骨に背負って
しょうじに、れんとげんが、ゆれてます。

翌朝そこのお家のあったあたりに
小さく静かな水溜まりはあって
そこに大小重なりあって
よにんのほねが、ちって、ありました。

今朝もまったく、
慌ただしいのでしょうね。

ちゃんばら

べべんべんべんべん
こんなちょんまげをしておる
古いちゃんばらの再放送を見ておれば
嗚呼このお侍のお兄ちゃんも
嗚呼このお茶屋のお姉ちゃんも
疾うの昔にあっちへと逝っちまって
最早この世に見る影もなく候　べべん

物語先へと進み
即ちお侍のお兄ちゃんは

お茶屋のお姉ちゃんを助けるべく
お茶屋の前の街道で
悪い奴等の故人の群れを
次から次へとバッタバッタと
斬り捨てちゃって逝くのだが
それを見ていたお爺ちゃんも
隣でお茶を汲んでたお婆ちゃんも
やっぱりもうお茶の間の何処にも居なくて
最早この世に見る影もなく候　べべん

物語更に先へと進み
即ちお侍のお兄ちゃんは
助けてあげたお茶屋のお姉ちゃんに見送られ
街道の先へ先へと去って逝くのだが
その時お茶屋に遺して逝ったお茶菓子も

その頃お茶の間に飲みかけてある湯呑みも
炬燵の上の煎餅の欠片や
蜜柑の皮の切れ端や
はたまたお爺ちゃんお婆ちゃんの骨の欠片も
ちゃんちゃんばらばら
最早この世に見る影もなく候　べべん

物語更に先へ先へと進み
丁度よい時間と相成りまして
ちゃんばらを見ていたはずの拙者も
隣でお茶を汲んでたはずの奥方も
やがて砂嵐の中へと消えて逝きまして
最早この世に見る影もなく候
ザザ――――――

櫛

「マルのクシだよ」

三つになる息子のウタロウが
どこからか　使い古した
マルの櫛を見つけ出してくる

ごっそりと毛の抜け落ちて
絡みつく櫛を

「マルとお話ししてきてごらん」

庭のゆすらうめの樹へ向かい
おしゃべりをする君

代わりに　赤い実をもらってきて
保育園のみんなに
分けてやるのだとゆう

樹の下で　硬い根毛が
マルの亡骸を　抱きかかえている

身は根に吸い上げられ
樹はそれを　手品師のように
実に変えてみせた

実は子どもたちの口の中へと
今ぱくりと含まれる

マルの櫛だけが
僕の掌に遺った

思い出した
ゆすらうめの樹の下で
毛をとかしてやった

マルが目を細めている
穏やかな初夏の日だった

潮風

髪を揺らす気配に
浜より吹いてくる　風を知る

泥はこのごろ　乾いてきたから
今はもう　アルバムはめくれてく
写真にうつる君の眼差しが
僕の両眼を　潰してしまうので
海亀のながす涙は　血の色へと染まってゆく

遺された基礎のうえを

風は今　びゅうびゅうと通り抜けてゆくから
君のついこのあいだの叫び声が
ここへ立つ　僕の両耳を
ざっくりとさばいて　切り裂いてしまうよ

おい　あの化け物よ
も一度この世へとやってきて
僕もどこかへ　さらってゆけよ
できればあの子の　微笑みの傍らへ

僕は首を　少しだけもたげて
風の出所を　探ってみたが
土煙の向こう　朽ち果てた堤防の隙間
引き潮どきの　背の低い風波が
変わり果てた浜へと

寄せては引いて　虚ろに戯れてる

あの夏の日は
あすこに　浜ゆりの花が咲いていた
潮風に吹かれ
君はまだ　まだまだ
あどけなく　その首をかしげていた

花見

丘のうえの　さくらの花を　見にゆけば
とうさんと　かあさんは　一緒にいれる

と　そう　三つになる小猿が
一人おもちゃを転がしながら
日曜の朝に　一人言をいっている

二歳の春を　覚えているのか
まだベビーカーに　乗ってたくせに

でも今は　とうさんと　かあさんは
一緒の丘へは　ゆけないよ
かあさんが先に　君を連れてゆき
とうさんは一人　後からゆく

とうさんが来たら　君をバトンタッチだ
ちらちら散る　さくらの花びらと
束の間君が　戯れる間《ま》に
かあさんは一人　帰ってゆく

気がつくと　小猿の髪に
花びらが一片《ひとひら》　とまっている

台所

とうさんと　おとうとのため
今日もまた　台所へ立つ

玄関に　鍵をおいて
宿題は　休み時間にするから

流しの横に　かけてある
かあさんの　黄ばんだえぷろん
着るとからだが

ふるえてくるから　いやだ

あたしは給食当番の
白い　割烹着を着てする

かあさんがいつか
教えてくれた　卵焼き

ぷす　ぷす　と気泡がして
やがて気泡となって　消えたかあさん

流しの前の　小窓から
夕焼け道を伝い　帰ってくる

いつか　きっと

四人の鍋を　抱え
ほら　かあさんが　燃えている
夕焼け道の　さなかに

小さなブーケ

小学校の　保健室
三年生の女の子と　ゲームする
カードをめくると　質問が書いてあり
三人でそれに　答えるのだ
コミュニケーションの　練習のため
私がここへ　持ってきた

母親は　彼女が赤ん坊のころ
どこかへと　消えたのだとゆう
差し詰め私が　父親役で

養護の先生が　母親役か
カードをめくる
「あなたの野望は　なんですか?」
と　書いてある
彼女は「家族で　ゲームをすること」
と　答えた
帰り道　古びたスーパーの花屋で
小さなブーケを　ひとつ買う
九つになる娘の　誕生日のため
娘は　喜んでくれた

それからそれを　母親にあげた
母親はそれを　息子にあげて
息子はなぜか　私にくれた

家族が寝静まってから
ブーケを　ガラス瓶へと生ける

それからひとりで
少し　酒を飲む

くわがた

照り返しの　灼熱の校庭から
ひんやりとした校舎の　暗闇の中へと
足を踏み入れた　そのとき
足下の　扉の溝に
くわがたが　所在なくおり
なんでこんな所に　迷い込んだかと
みっつになる息子の　みやげにするかと
スーツのズボンの　ポッケの網の中へとそれを入れる

固定式の　扇風機の羽根の鳴る

古びた木の教室の　前のほうの席
そこに君は　虫かごの中の
西瓜にしがみついた　くわがたを見つめ
動くことなく　机にしがみついている

きっと　それを取り上げたら君は
鋭いはさみを　振りまわし
この教室を　食い破るつもりだろう
かあさんは　どこか遠くへ
羽を鳴らし　消え失せ
とうさんは　はさみで毎晩
君の頭を　はさみ込むのだとゆう

放課後君の　検査をする
僕の仕事は　遺憾ながら——

そうゆう　お仕事なのだ
虫かごを前に置き　何も喋らない君に声をかけ
さあ　この質問に　答えてごらんと
そこに長い歴史の　沈黙の時間《とき》が流れる

沈黙の歴史が　思い出された
そうだった　僕も　そうだった
僕もこんな風に　こんな検査を受けさせられて
そうしてポッケの中には　くわがたが——

さきほど捕まえた　くわがたが
ポッケの　暗闇の中でもがいている
はさみをただ闇雲に　振りまわして

忘れもの

うす暗い校舎の　うすら寒い保健室
そこへ　十五になる　少女はいる
教室へ　決してゆくことなく
左側頭部から順に　その髪を減らしてゆく
つるつるになった　あかい脳天より
一本　二本と　遺った長い髪を垂らし
それが　動きを失った眼《まなこ》の前で
ゆらゆらと　ゆれている

もう君は　とうにその毛穴を閉じて

心を閉ざしたのか　道は閉ざされたのか
私はきく「教室へ　ゆかないの?」
君はこたえる「教室へ　ゆかないの」

教室へ　ゆかない子を抱え
今日もまた　日暮れて帰る
つるつるの　あかいお天道《てんと》様が
山に長い影を遺し　沈んでゆく
今日もまた　よいお天気でした
お髭もうっすらと　伸びてまいりました

うす暗い早朝の　うすら寒い洗面台
そこへ　五十にもなる　男はいる
髭を剃ろうと　鏡の中を覗くと
男の髭の左半分が　そっくりと消えている

どうしたことかと　驚き　呆れ果て
震える指で　それに触れてみるが
当て所もなく　指先はつるつると滑り落ち
毛穴とゆう毛穴は　もう閉じている

そうか　あの保健室に髭を
忘れてきたか

百貨店

麦わら帽を頭に　かあさんに手を引かれ　ひんやりとした地下道を　潜り抜けると　傷痍軍人が暗闇に　頭を下げて　かあさんは缶からに　小銭を入れる。　駅前に軒を連ねた　闇市の名残の雑踏を通り抜けると　遥か入道雲の下　アドバルーンが揺れている。　今日は僕たち　隣町でたったひとつの　百貨店へと　やって来たんだ。

小さな制帽のお姉さんが　慣れた手つきで　エレベーターの扉を　開けてくれた。　三階がおもちゃ売り場で　かあさんと一緒に降りたのだった。　ウルトラマンに　ゴジラにガメラ　よりどりみどりで　ずいぶん迷ったよ。　知らない間に　その手は解け　かあさんどこかへ　いっちゃった。　僕はおもちゃ売

り場で　今度はたくさんたくさんさ迷ったよ。

少し年取ってきた　エレベーターのお姉さんに　かあさん捜すんだと言って僕は四階へ向かった。　婦人服売り場に　いると思って。　でもどこにもいなくて　肌着売り場にもいなくて　それでかあさんによく似た　売り場の女のひとと一緒になったんだよ。　僕によく似た　子どももできたからね。　子ども用品売り場で　ベビーカーも手に入れた。

お姉さん　更に年取ってきて　僕はベビーカー押しながら　五階で降りた。紳士服売り場に　とうさんは必ずいる。　背広はたくさん　並んでいるけどとうさんの煙草のにおい　しないな。　それでもやっととうさん　見つけたけれども　とうさんベビーカーに　マネキンの子を乗せているね。　僕はそこの売り場で　背広売りの売り子になったんだ。　煙草もたくさん　吸うようになったよ。

お姉さん　すごくすごく年取ってきて　僕は六階で　降りなくちゃならなくなった。　だって僕　雑貨売り場で　老眼鏡に　杖のひとつももう必要だもの。　字は読めないし　足腰痛むしさ。　杖は買ったけれども　でもそれ直ぐいらなくなっちゃった。　だって知らない間に　おっきくなった僕の子が　ベビーカーに代えて　車椅子で僕を　押してくれていたんだよ。

車椅子をエレベーターに　乗せてもらうと　既にお婆さんの　お姉さんはこう言っていたよ。　七階は通過で　止まりませんってさ。　僕食堂でお子様ランチ　とうとう食べられなかったね。　とうさんかあさん　なんだか僕　この頃からだが　すごく痛むんだよう。　特に　肺の辺りが。

エレベーターは　遂に屋上へと着いて止まった。　扉が開いて　お姉さんが「ご苦労様」と。　そうして僕は　光の中へと昇ってゆく。　空に昇って　アドバルーンの隣。　見下ろすと　屋上の遊具の救急車に　ちっちゃな僕が　乗っている。　エレベーターのかあさんが　もう遠い。

パパへの贈り物

会う男《ひと》すべてをパパって呼んでた。だってパパって、男の人のことを言うもんだと思っていたから――。でもあるとき一年ぶりに、ほんとうのパパが帰ってきたんだ。でも不思議、この人ほんとにパパなのかな？　ほんとは、おじさんなのじゃないのかな？

パパはお金持ちで偉いんだ。外国ひとりで旅行して、ハワイだってべガスだって行っちゃうんだ。今日だって羽田空港で、飛行機の模型を買ってきてくれたんだ。でも僕不思議、もらった飛行機すぐに壊しちゃった。ばらばらに分解しちゃった。パパは探求心があっていいって言ってくれたけど、でもほんとうにそうなのかな？　僕、飛行機撃ち落としたのじゃないのかな？

ママは久しぶりだから、僕とお姉ちゃんに、パパと一緒にお風呂へ入ってきなさいって言うんだ。でも僕困っちゃった。パパとお風呂って、いったいどうやって入るのかが分からない。僕、パパとお風呂入っていてカタくなっちゃって、カタくなってうんちしたくなっちゃって、でもカタくなってそれ言い出せないよ、どうしよう僕もううんち出ちゃうよ。

僕、ばれないように、パパの背中の裏に隠しておいたんだ。背中の裏側に、ぷかぷか浮かせて――。それなのに、お姉ちゃんたら酷いんだ。見つけてパパにチクっちゃうからさ。パパはママを呼んでこう言っていたよ。僕がうんちをしたから、もうお風呂を出るってさ――。

それから僕、ひとりでお風呂に残ったよ。僕のうんちが、ぷかぷか浮いてたよ。パパ、これ僕からの贈り物だよ。飛行機をもらったお返しのさ――。僕、遂にパパの乗ってる飛行機撃ち落としたよ。お家の海に、浮かせたよ。

わたあめ

わたあめ　口の中で　溶けたよ
溶けて　口の中で　亡くなったよ
亡くなって　口　さみしくなっちゃってさ
口　やっぱり　わたあめほしいよ
だから口　おかあさん　わたあめほしいよ　って言ってね
でも口　おかあさん　いないよ
おかあさんいないから　口　わたあめもらえなくってさ
だから口　祭りの中を　歩いていってね
口　わたあめのこと　探したんだよ
そしたら口　祭りの中で　わたあめのこと見つけてさ

□　お兄ちゃんに　わたあめ下さい　ってね
それで□　□の中へ
わたあめのこと　入れようとしたんだけどさ
だけど　わたあめったら
祭りの中で　手に押されて　落っこっちゃってさ
それで□　急いで　地面に飛びついてね
□　わたあめのこと　くわえたんだよ
でも□　わたあめのこと　くわえた途端にさ
祭りの中で　足に　踏んづけられちゃってさ
それで□　潰されちゃったんだよ
そうして□　祭りの中で　亡くなったんだよ

そういえばあの足　踏まれる前に見た　あの足さ
あれ　おかあさんの　太腿みたいだったな
あれ　本当は　おかあさんだったのかな

ご飯の出ない家

ご飯の出ない家では　日曜日の朝
ななつの子と　みっつの子が
向こう岸の　コンビニへとゆく
ねえさんが　小銭を手に
もう一方の手には　おとうとの手をひいて

車が通り過ぎるばかりの橋の　その端っこを
ふたりで手をつなぎ　ぎりぎりに渡ってゆく
うしろ姿の　お尻のズボンが破けてる

それから税を余分に　小麦粉ほどもふりかけた
食パンを　ひとふくろだけ買い
焼くことも知らずに　ただ皿へと載せて
バターなんて　塗らなくとも
分け合ってちぎっては　食べてる

かあさんは　夜遊びが過ぎたのか
昼過ぎまで　いびきをかいて
ただ寝ているだけの　おんな。

青ざめた顔のとうさんと　向こう岸の公園で
すでに　破けてふぬけのサッカーボールを
ぽてぽてと蹴っては　遊んでいると
かあさんが　かの橋を渡り
コンビニから　ビニールぶくろをぶら下げて

寝ぼけ眼をこすりながら　大股でやってくる
サッカーを　無表情に眺めていたかと思うと
やおら　大あくびをひとつし
うまそうに　ちらし寿司弁当を食うと
そそくさとまた　かのご飯の出ない家へと
はるか大橋を渡り　頭をかきかき帰ってゆく

ベンチに残されたものは　おにぎりがよっつ
子どもたちは　ひそかにひそひそ話を始め
ジャンケンをして　負けた子はみっつの子
とうさんに　ひとつだけおにぎりをくれる

外食

息子は年に一度の外食で
はしゃぎすぎて　かーさんに叱られている
息子の頬を挟んで　言い聞かせるかーさんの手の甲には
ひらがなで「ほ・け・ん」と
今月の支払いを忘れないように　メモ書きがしてある
それは　とーさんが死んだときの　生活費のことなんだが
イタリアンレストランでまったく　生活感たっぷりなんだから！
娘は隣で　少女漫画のように　目を爛々と輝かせて
「めったに食べられない」とゆう　ピザを頬張っている

田舎町に一軒の　この店の店長さんは　ややその小皺を増やし
娘を見て「こんなに大きくなったんですか……」と驚いている
まだ歩けない娘を抱いて　お邪魔したこともある
それから息子が生まれ　かーさんの入院中のときには
娘に赤いチェック柄のジャンパーを着せ　連れて来たこともある
七年の歳月なんて　あっという間だ
家族なんてまるで　高速回転で過ぎ去っていってしまう
だから我が家の年に一度の外食は
とーさんにとって　ちょっぴり大切なときなんだ

息子ははしゃぎすぎて　かーさんに叱られている
かーさんの手の甲には「ほ・け・ん」と書いてある
娘は少女漫画のように　目を爛々と輝かせている

Ⅱ

綱引き

ゆく路にばらの花は咲いている。それでも私は綱をつたい、高台にある息子の保育園へとたどり着く。見下ろすと、万国旗のはためく運動会が広がっている。我が子はどこかと探っていると、後ろから肩を叩くひと。そのひとは、私の妻だ。あそこ　と　指さす。子のいる側へと下ると、ひと月ぶりに会う息子が駆け寄ってくる。そうして、いいから自分の席の真後ろへ座れと、私の手を引っ張ってゆく。

午前の競技が終わると、お弁当のじかん。妻が食事を出さなくなって久しいが、今日は少し懐かしい手料理が四角い重箱のそこへと並ぶ。よっつになる息子は私に食えと、箸でさつまいものスライスなどを、私の口もとへと運んでくる。

それから午後の競技まで、まだじかんはあるか、それまで一緒に遊べるかと訊いてくる。そうして私の手を引き、鉄棒のところまで連れてゆく。年老いたとうさんに、かたわらの園児はおじいさんかと訊いてくる。息子は黙って鉄棒をまわる。私の手を引いて、まわる自分のからだを受けとめさせる。

午後の競技は保護者の綱引きだ。息子は、とうさんは綱引き強いんだと言ってはばからないのだとゆう。疲れたとうさんは、四角い白線のなかで綱を引く。一回戦も二回戦も、結果は負けだ。入れ代わり、今度はかあさんたちの綱引きだ。たくさんのかあさんたちのなか、なぜか私は妻を見ている。そうしてなぜか、妻を少女に見ている。一回戦も二回戦も、結果は負けだ。

運動会の夜は、寝室のふとんで息子に歌をうたってやる。息子は真剣に聴いている。すり寄ってきて、とうさんの胸に顔などこすりつけてくる。やがて昼の疲れか、そのままことんと眠りに落ちる。川の字には一本足りない。だから私は、居間へと向かう。

妻は古びたちゃぶ台のうえ、装いのはがれたスタンドのもとで、本を読んでいる。遠いむかし、このひとのアパートで同じ景色を見た気がする。私は綱をたどる。いつもなら、言葉を交わすこともなく、郵便物を持ち自分のアパートへと引き返す私。今宵はなぜか、居間のソファーで郵便物の中身など見ている。言葉のないゆるやかなじかんが流れ、やがて妻はことんと本に伏せてしまう。それから崩れ落ち、四角い電気カーペットのうえへと横になってゆく。私の記憶も遠退いて、ソファーから同じそこへと崩れてゆく。

気がつくと、遠い距離を経てここに至る夫婦が、同じカーペットのうえに横たわっている。もう触れることのないほどの距離に、ぎりぎりに横たわっている。間に萎れた綱が一本、ただそこに横たわっている。

くちびる

目蓋を開けると、睫の先に、薄っすらとアスファルトの水溜まりが見える。映る空の夕暮れに、褪せた藍のくちびるが浮かんでいる。くちびるに痛みを感じ、水溜まりの水で血を拭うと、凝固した潮の塊が抉り、傷口がざくりと痛む。同じように裂けたくちびるを動かし、薄目を開け、何かを言おうとしていたひと。海辺に浜昼顔の咲くころから、ここはもう、冬の波止場のようなところか。帰る場所がない。いや、たしかどこかに。

玄関を這い上がると、妻が立っている。痛むくちびるを動かし、何かを言おうとすると、それを、薄目を開けて見ていた妻も、傷んだくちびるを動かし、何かを言おうとしている。やがて、幽かに声が聞こえてきて、今日は「鍋にする」とゆう。

奥の居間へ這ってゆくと、そこに、くちびるの爛れた息子が立っている。くちびるを動かすと、それに応えるかのように、息子も僅かにくちびるを動かし、頷いて、おもちゃ箱の中から、銀のリボルバーを取り出し、渡してくれる。口の中にそれを咥えて、その引き金を引く。カチンと音がして、リボルバーを開けると、中から銀歯が四発ほども落ちてくる。それから、くちびるを腫らした娘なども一緒に、四人でくちびるを動かしながら、鍋をつつく。

子どもたちが寝静まると、妻のところまで這ってゆき、膝もとに頭を寄せて、少し、昔のことなども訊いてみる。アパートに転がり込んでおきながら、半年間、妻の名前も覚えずにいた。そうして寝言で、他のひとの名を呼んでいた。駄目な男と乗る、急行列車の話もする。飛び降りると、両足を骨折する。だから、降りられない。薄目を開けて見ると、白目を剥いていて、裂けたくちびるから頬に、血が一滴したたり落ちてくる。

その夜は、夜顔の花が咲き、畳の上に、川の字になって寝る。両脇に子を寝かせながら、真ん中の、一つ蒲団で二人で寝る。夜中に気がつくと、妻の手のひらが、私の腹の上にある。アパートで、こうしてよく寝ていたことを思い出す。幼いころ、今は亡き父親のその上に、そうして、手のひらをおいていたように。闇の中でくちびるを動かしている。私は妻に、何かを言おうとしている。

雪見遠足

どうしてあなたと、このように冷えたバスに乗り合わせ、席を隣り合わせに、互いに外腿の辺りだけで、辛うじて触れ合い、熱を維持しているのかは、今となってはもう、よく分からない。補助席まで出して、混み合っている貸切バスの中、その前の方にマイクが廻り、君が『ヘンゼルとグレーテル』の歌をうたっている。それは、よくうたえている。でも、なぜ君はヘンゼルなのだ。私たちにこれから、妹のグレーテルとともに、雪の森の中へと捨てられる、とでもうたいたいのか。私たちに生まれた子。

マイクは前方の子どもたちの歌を巡り、やがて、後方の大人たちへと渡り、今度は大人たちが、親の自己紹介などをしている。大人たちといっても、凡そはかあさん。あとはとうさんが、ちらほら。じいちゃんや、ばあちゃんの家もある。誰もいない家も。窓の外にはもう、カゾクの雪がちらほら、降ってきている。保育園の遠足で、夫婦揃って座席に座ることなど、それは私たちだけのことで、他の座席から、少々好奇の目で見られても仕方がない。でも心配はいらない。いつも君が、私たち四人の震えるようなカゾクの光景を、皆にあどけなく、伝えてくれているではないか。とうさんがひとり家を出て、遠くへと行ってしまったことも。外はもう、山道に雪が、深々と降り積もってゆく。

雪山へと辿り着くと、大人たち、子どもたち、皆《みな》揃って雪車《そり》遊びをする。君はそこから、十分な距離をとり、吹雪の中を森へと近づき、そこからひとりで、新雪をやぶりながら、雪車を滑ることが好きなのらしい。私はそれを、指を咥えて見ている。あなたは向こうで、他のかあさんと立ち話をしている。そうして君は、鼻を垂らして、雪を綿あめにし、ひとりでそれを頬張っている。私たちに生まれた子が、雪に埋もれてゆく。背後の鬱蒼とした森に、二匹の雄と雌との、何か獣の気配がする。

帰り際、急いで子どもの雪車を片づける内、刃《やいば》で指を傷つけてしまう。鮮血が一滴したたって、綿あめのような雪へと、突き刺さってゆく。そうしてそれは、実に獣の色をしている。遠くから獣たちの声が谺《こだま》してきて、降りしきる雪の向こう、あの森の方へと目をやる。すると傍らで、今度は君の声がしてきて、早くバスに乗りなよと、君が手招きをしている。あなたは遅いと、腕組みをしながら、頬を少しだけ膨らませている。私は急いで、家族のバスに乗る。

海水浴

単身の赴任先から、とうさん一人で向かうばあちゃんのところ。お盆の帰省の波に呑まれながら、信濃の山奥へようやく辿り着いたのが朝。辿り着いて、子どもたちを連れ先に来ていたかあさんと顔を合わせ、目をぱちくりぱちくりとさせながら、交わす言葉が二言三言。嚙み合わない会話に、判で押したように直ぐに離れ離れに。それを横目で見ていた子どもたちもまた、予め申し合わせてでもいたかのように離れ離れに。ちゃぶ台の上で、ばあちゃんの用意したささやかな桃がもう、茶色く傷んでいる。

それでも昼になるとばあちゃんが、山向こうの越後の水族館へゆかないかと。簞笥の奥の、じいちゃんの二眼レフをいじくるとうさんと、畳の上に横になり、女性エッセイを読み耽るかあさんと、縁の下で、仔猫と戯れる子どもたちとを、つなぎ合わせて。

ばあちゃんを、おおきな水槽のあるホールの腰かけへと置いて、とうさんは息子と、かあさんは娘と、それでもやっぱり海の中でもせいぜい二人の、離れ離れなカゾク。離れ離れに座るイルカのショーでは、○○フライングだとか、××フライングだとかのイルカのジャンプ。真夏の太陽に溶け込んで、そこに銀色の時間《とき》を刻んでいる。ゆらゆらと、ゆれる水母を見つめながら、「おまえ、かあさんのところへ、ゆくか?」と息子に訊いてみれば、くちびるをぐっと噛みしめながら、「どこまでも、ついてゆく」と、結ぶ手のひらをぎゅっと握る息子の、そのちいさな手。ばあちゃんを迎えにゆくと、ばあちゃんはもう、おおきな海の中でサカナになっている。

海沿いの水族館を出ると、そこはもう、目の前が海水浴場だから、今度はもう、ほんとに海のほうへ。海の家は日陰で、夕の風も涼しくそよいでいるから、ばあちゃんをまたそこへと置いて。ばあちゃんは、「ワタシ、大丈夫だから」と。とうさんは、急いで雑貨屋で似合わない海水パンツを買って、忘れた息子には、「おまえ、もうパンツのままでいいから」と。遅れて浜へと駆け出すと、浅瀬の海に遠く、もうかぞく三人がはしゃいでいる。近づくと、年頃の娘も、幼い頃のあの笑顔で、とうさんに手など振っている。子どもたちが、もう陽射しの傾きかけた海の中で、とうさんの肩から○○フライング、かあさんの肩から××フライング。イルカになって、銀色の時間を刻んでいる。銀色の光に、家族四人が溶け込んでいる。

とうさんも、かあさんも、娘も、息子も、たのしくって、ちょっぴりかなしくって、でもうれしくって、もうわけわかんなくって、浅瀬の沖のほうから見ると、海の家のばあちゃんがもう、遠くでちいさく、九十のその手を振っている。

自転車親子

単身の赴任先から戻る、僅かながらの週末。父さんの普段の暮らしぶりなど、口にはできまい。戻る玄関先に、娘の自転車など、もうパンクしており、隣に寄り添う息子の三輪車など、もう泥に塗れている。一月ぶりに見る娘は、背がもう一センチ伸び、息子は顔に傷が、もう一つ増えている。「どこへゆきたいか?」などと訊くと、「森の公園へゆきたい」などと二人答える。サイクリングコースがあるのだ。ともかくも、自転車に乗りたいのだ。父さんも、負い目があるのだ。

入口に、貸し自転車屋がある。おじさんが、自転車を貸している。娘、さっさと乗る自転車見つけるが、息子、三輪車なく、初めての二輪車、足つくものもない。つま先伸ばし、「これ足がつく」と言って聞かない。おじさんに、たしなめられる。結局息子、父さんの自転車の補助席に乗り、不服そう。

娘、さっさとゆく。親子三人、森の中を自転車でゆく。コース一回りし、日も傾きかける。息子、不服そう。日も終わるので、足のつかない自転車、おまけに貸してもらい、息子二輪車に、初めて乗る。娘がゆう。「普段鍛えているから、この子、すぐ乗れる」と。確かに、ふらふらとしながらも、息子乗る自転車、倒れることなく動き出す。もう一回り。

娘、振り返りながらゆく。息子、肩を左右に揺らしながらゆく。一所懸命にゆく。とうさん、肩に暗闇乗せながら、その後ろをゆく。親子三人、森の中を自転車でゆく。途中息子、坂道で樹に激突する。娘と父さん、自転車降りて駆け寄る。息子、くちびるを切りながら、「母さんには言わないで」とゆう。二人、「ああ、言わない」と答える。娘と息子と父さん、親子三人、汗だくになりながら、沈む夕日へ向かい、森の中をひたすらにゆく。ゆく。

行楽

家を出て三年。単身赴任先から、正月以来久しぶりに家へと帰ると、玄関にスキー靴が三足、揃えておいてある。明日は友達家族と一緒に、スキーへゆくのだと、居間の奥のソファーから妻がゆう。や否や、妻は子どもたちの寝る寝室へとゆき寝てしまう。ひとり取り残された父は、居間に蒲団を敷き寝る。

翌朝、「なんだ、とうさん、帰っていたのか……」と、居間の蒲団に眠りこける父を見て、そうつぶやくまだ幼い息子。朝から、「ゆきたくない」と裸になって、かあさんを困らせている。裸のまま同じ蒲団にもぐり込んでくる息子を、まだ赤ん坊だった頃のように、ふと抱きしめてやりたい衝動に駆られる。が、もう七つになった息子。頭をぽんぽんと撫でて、「行っておいでよ」と耳もとでささやく。ひと騒動あってから、出かけてゆく妻に娘。それから、慌てて後を追う息子。

誰もいなくなってしんみりとした家で、ひとりぼちぼち、取り残された洗濯物など庭の物干しへと干す。これが息子のパンツ、これが娘のパンツ、いや妻のパンツか、いやいや私のパンツか、いやいやいや、私のものなどあるわけない。物干しの傍ら、枯れたゆすらうめの木の下には、かつて家族の一員だった犬のマルが、今は静かに眠る。それから寝室の蒲団上げ。どれがだれの蒲団だったか、毛布だったか、はたまた枕だったか。居間の掃除は、これは息子のおもちゃ箱の中へ、これは娘の机の上へ、そしてこれはいったい妻の、どこへと片づけたらよいのやら。疲れて板の間へ横になり、丸くなってみれば、ちょうど目の高さにボロがいる。子どもたちが冬の公園で拾ってきたとかゆう、ボロボロの猫だ。床に丸くうずくまっているその姿が、まるで同じだ。

気がつくともう、窓辺から差し込む光が翳り、夕刻になっている。うたた寝して、もう休みは終わりだ。さっさと洗濯物を取り込んで、単身赴任先のアパートへと戻らなければならない。その長い帰り道、遅い時間に、もう夕食は外食で済ませてしまおうと、国道沿いのファミリーレストランへふらりと寄る。入ると他に、客ひとりいない店内だ。メニューをマメにひと通り目を通した末、結局安いカレーのセットを頼む。口にすると、どこか懐かしい味がする。

ふと辺りを見回すと、誰もいないはずの店内に、おぼろに家族四人が座っている。どこかへ出かけた、その行楽の帰りだろうか。明るく、そしてやさしい父親。「かあさん、飲んでいいんだよ」と、妻にビールを勧めている。その父のせいか、家族みなが明るい。妻に娘、それから息子も、みなみな明るい。私はひとり遠い記憶を辿り、尊い家族の会話を聴いている。懐かしい家のカレーを、口に運びながら。

分校跡

町外れの分校跡に、樹齢百年になるさくらの古木が佇んでいる。いまでは傾き支柱にささえられている。木の下に生まれたばかりの君がいて、木漏れ日のなか微睡んでいる。それが分校が君にくれた最初の贈り物である。

一つ目の春、君はお座りをしてそこにいたのである。そよぐ風にうすべに色の花びらは舞い、両の手を差し伸べてそれをつかもうとする君。君が最初の一歩を踏み出した瞬間である。それが花びらが君を誘い出した最初の勇気である。

二つ目の春、君はもうそよぐ髪にその花びらを載せ、両の手にそれをつかんでいる。そればかりか君はもう、校庭に敷かれた白詰草の絨毯のうえを駆け巡っている。それが白詰草が君に敷いた最初の足音である。

三つ目の春、君は砂場に水を引き、赤錆びたブランコに時の音《ね》を響かせたかと思えば、登り棒やジャングルジムから校庭の先を望み、鉄棒に腰かけ夕焼けに瞳を染めている。それが夕焼けが君にくれた最初の希望である。

四つ目の春、君はもう小さな冒険に出かける。分校の校庭を後にして、大根の花の道を通り抜け、川縁に咲く菜の花を摘み川に流している。それが花の行方が君に流した最初の情緒である。

五つ目の春、分校の隣の農園へと小躍りに跳ねた君は、そこでいま仔牛が生まれるのを見た。生まれた仔牛が細い脚で立ち上がるのを見た。やがて、もうすぐ生まれる赤ちゃんをお腹にしたかあさんが迎えにきて、それが生命《いのち》の誕生が君にくれた最初の伝言である。

六つ目の春、君は一つ目の春を迎えた君の弟を抱えるかあさんと一緒に、学校に通うならどこへ通うの？　と会話して、それから花びらや白詰草や夕焼けたちとも相談をし、同じく一つ目の春を迎えた仔牛とともに花の行方も追った。それが分校が君にさよならを告げた最初の明日である。

アタシ学校へ通うなら分校へ通うの、と言った君から幾つ目かの春、とうさんはいまひとりさくらの古木の下にいて、あの頃のことを想う。それが古木になったとうさんの分校跡に残る、夢の日々の想い出である。

河原にて

ようやく春に、なったのです。ようやく春になって、子どもたちふたりを連れ、私はだいこんの花咲く小道を、とぼとぼと歩いてゆきました。そうしてどうにか、その川へと辿り着いたのです。辿り着くと向こう岸の森の方から、うぐいすたちの囀りが聞こえてきます。子どもたちは川面に、石を投げ始めています。私は子どもたちに、石の投げ方を教えます。向こう岸へと向かい、石が水を切って、けんけんと跳ねてゆきます。

するといったい、どうしたことでしょう。投げた石の向こう側から、蛇が泳いできます。辿り着くと蛇は、私たちの岸へとその首を乗せ、そうして互いを、見つめ合っています。こんにちは。春になって、長い眠りから目覚めたのですね。蛇は一瞬、赤い舌をちろと見せたかのようでした。時は止まり、音は聞こえてきません。先ほどまで聞こえていたうぐいすたちの声も、聞こえてきません。それは束の間の、永遠なのでしょうか。それはまるで、ひとの恋のようです。

蛇はやがて、その首の向きをくるりと変え、来た道を帰ってゆきました。川面をすいすいとうねりながら、向こう岸へと帰ってゆきました。河原にふたたび、うぐいすたちの鳴く声が響き渡っています。子どもたちふたりを連れ、私も来た道を帰ってゆきました。砂利の小道の傍らに、青いだいこんの花が咲いています。私たちも家へと、帰ってゆきました。

運動会

今日はおまえの運動会だから、だからまだ日も昇らないうちの、こんなに早くに目を覚ましてしまったよ。おまえの大好きな玉子焼きにソーセージ、ご飯にのりを敷いた、おべんとうをつくってあげよう。お勝手の小窓から見える、薄ら明かりの空。天気も心配されたけれども、どうにかやれそうで、よかったね。

おまえの遺していったパンフレット。自分の出るところには、鉛筆で丸がついているのだね。かあさんに、教えてくれた。そんなおまえは、一年生の徒競走で、少し首をかしげた癖をして、一生懸命に走るのだね。それから、玉入れで玉を投げるときの、あどけない笑顔。お兄さんが数を数えているときの、待つ真剣なまなざし。そうして勝ったときの、あの跳ねあがる姿。

午前の種目も終わり、さて、おべんとうのじかん。風呂敷を広げ、重箱を下ろして、さあ、お食べ。お菓子を袋へと入れて、おやつもちゃんと用意をしてきた。

ところで、どうしておまえは、戻って来ないのだい。気がつくともう、まわりの子たちはみな、おべんとうを食べ終え、お菓子を手に走りまわっている。かあさんはひとり、秋風に吹かれている。揺れる髪の毛はもう白い。

ゴンドラ

九十になる母の手を引き、ゴンドラに乗る。ちいちゃくなった手のひらを、大きくなった手のひらの中に包み、ゆっくりと宙の綱の上を歩く。綱の隙間から、下の景色が丸見えだ。ゴンドラに乗り込むと、中は若い家族や、若者たちで込み合っている。座れずに、手すりにつかまり立ちをしている母を見かねて、座っていた初老の女性が、席を譲ってくれる。薄霧の中を、ゴンドラがゆっくりと動き出すと、母のからだが子どものように軽く揺れる。取り分け鉄柱のところを越すと、ゴンドラがガタンと大きく揺れて、母のからだも宙に浮くように揺れる。被る麦わら帽子が、目を塞ぐので、その度に直してあげる。

降りると頂上は、深い霧に包まれ、景色どころか、一寸先も見えない。ただ霧の中に、旗の立つレストランがあり、そこへ逃げ込むように入る。私が大人びた定食を注文すると、母はオムライスを食べている。隣にはソーダ水。子どもの頃、若い母に連れられ、故郷《ふるさと》のデパートの、最上階にあるレストランで、オムライスを食べた。オムライスの頂上には、旗が立っていた。隣にソーダ水。ちいちゃな泡が立っては、消えてゆく。

ふと思い出した。アルバムに、一枚のモノクロ写真があった。私は、若き日の母の胸に抱かれ、ゴンドラに乗っている。麦わら帽子によだれかけ、おむつをして、ちいちゃな手には、ソーダ水の瓶を、危なげに持っている。母の大きな手が、それを支えている。私は口の中に、恐らくは初めてのソーダ水を含み、頬っぺたをふくらまし、苦い顔をしている。帽子が少しずれて、目を塞ぎそうになっている。母はそれを、目を細め微笑んで見ている。あれは、どこの山のことだったか。母に訊いてみても、忘れている。母がおむつをするようになって、久しい。

母が少し服を汚しながら、オムライスを食べ終え、ちいちゃな手のひらに、零れ落ちそうなほどにたくさんの薬を載せて、危なげにソーダ水で飲み干す。苦い顔をしている。私はそれを、目を細め微笑んで見ている。窓の外は深い深い、霧の中。ここは空に最も近い、山の頂上だ。

山女魚《ヤマメ》

七つになる息子を連れ川へゆく。町の外れから山道へ入り、石橋のところを右に折れ、道が細くなったところで川へと下る。辿り着くと、岩や石の間を清流が流れている。水は碧く澄み、辺りは深い緑に包まれている。息子に、ここ覚えているかと問うと、二つ三つの頃の川遊びのことはもう、記憶から流れて消えているらしい。大人一人が通れるほどの幅の板が、橋としてかけられていて、それを渡る。川面には、ちょうちょうが飛んでいる。

川原へ着くと息子は、さっそくそこに落ちている小枝で水草を巻いたり、小石を拾って水切りをしたりして遊び始めた。やがて川の淵に小さな山女魚を見つけ、今度はリュックサックから袋を持ち出して、それを捕るつもりだ。服のまま川へと、その半身を浸す。草履もはいたままだ。私はその様子を岩に腰かけ、ぼんやりと眺めている。川のせせらぎが聞こえる。それから、樹々の葉が風にそよぐ音がする。さらさらと聞こえる。時が止まる。

どこからか、女の子の声がする。やがて父親とその娘らしき二人が、緑の間から川へと下りてきた。父親の手には、網とプラスチックの虫かごとがある。初めのうちは、川へ網を入れ魚捕りを二人でしていたが、父親がだんだんと夢中になり始めた。そうして一人ぼっちになった女の子が、岩の上を草履であっちにふらふら、こっちにふらふらとしている。年の頃二つ三つといったところか。重ね着した柄物のスカートの下から、薄手の白いスカートを覗かせている。父親は川の淵を覗き込み、娘の方などもう見向きもしない。

息子が胸から下まで服を濡らし、川から上がってきた。網がないから難しい、とゆう。川の淵へ目をやると、まだら模様の小さな山女魚がすいすいと泳いでいる。リュックの中から着替えを出し、着替えさせる。それから息子は、板の橋の上へと腰かけ、草履を乾かし始めた。

女の子が自分の草履を手のひらに持ち、川の水に浸している。それから橋を渡り、息子の脇を通り抜けて腰かけ、同じように草履を乾かし始める。かと思うと、また戻って草履を川へと浸し、再び脇を通ってそれを乾かす。そんなことを行ったり来たり、二度三度と繰り返している。濡れた草履が木漏れ日に、ぴかぴかと光っている。

あっ……。女の子が誤って川に草履を落とした。そうしてそれを捕ろうと、川の中へと入ってゆく。全身を浸してきっと、山女魚になってしまう。ようやく気がついた父親が、それを止める。続けて父親は、草履を網で捕ろうとするが、うまく捕れない。草履はどんどん流されてゆく。そうしてやがて、山女魚になって遠くへと消えてしまう。

その夜、息子を寝かしつけた後、居間で机に向かう娘をぼんやりと見ている。

息子と五つ違いで、もう十二になる。この間母親を追い越したばかりの長い背丈で、小さな机に向かっている。身体《からだ》の大きさと、使い古した小さな机とが、いかにも不釣り合いだ。一瞬、机の縁を持ち、ふらふらと伝い歩きをする幼い頃の娘が、二重《ふたえ》に映る。やがて、机の縁に沿い伝い歩きをしていた娘は、山女魚になって川の淵へと泳いでいった。そうして時の流れとともに、山女魚は遠くへと消えてしまい、もう決して戻ることはない。

桃源郷

春が過ぎ、夏が来て、家族の住む我が家へと帰ってみると、単身赴任のとうさんを待っていたのは、誰もいない家。かつてとうさんがまだ家にいたころ、子が巣立つのを子とともに見守った、燕の巣ももぬけの殻。居間の床に無造作に放ってある娘の赤いランドセルや、その傍らに散らかっている息子のおもちゃのピストル。家族の一員だった犬も、今は庭のゆすらうめの木の下で、静かに眠っている。かあさんに連れられ、どこへ行ったのだろう、子どもたち。

裏山の道を辿り、峠の桃林まで行ってみる。辿り着くと遠目に、我が家の屋根瓦がちいさく見える。私たちの故郷《ふるさと》の、ちいさな町の全景が見渡せる。春先には満開の桃の花のなかで、子どもたちと一緒に過ごしてきた峠も、今は一面青々とした緑に覆われている。郭公や鶯の声もなく、代わりに、すべてが蝉の声に包まれている。

一瞬桃の木に、花が咲いた。見渡す限りの桃の花。子どもたちが、拾った小枝に手ぬぐいを巻きつけ、旗にして木々の間を走りまわっている。林に置かれた炭で、顔に落書きをして真っ黒だ。娘が夢見心地に、しゃぼん玉を空に描いている。息子が、ちらしの紙飛行機を飛ばしている。娘が手のひらに載せた花びらを吹き、息子が指笛を吹いている。かあさんが、本を片手に腰かけて、遠くからやさしく手を振っている。やがて夕暮れになり、ほのかに町が桃色に染まるころ、ひぐらしが鳴いて、ふと我に返る。

日暮れて暗くなった道を辿り、家へ帰ると家族はいる。家族それぞれの顔を、黙ってじっと見つめていると、何でじっと見ているのかと訊かれる。少し相好を崩し、何でもないと答える。もうすぐ中学の娘には、赤いランドセルももう、お役ごめんだ。念願の小学校へと上がった息子は、ピストルの代わりに鉛筆を手にしている。かあさんは、少し皺が増えたかな、と白髪《しらが》の増えた頭をかいているのは、この私、とうさんだ。

海辺の風景

幼い息子と二人、お盆を過ごしている。額に納められた、海辺にうつる家族四人の写真。日づけは四年前のお盆。「海へ、いってみるか?」と息子に訊いてみると、「ゆきたい」とゆう。

海の家のござに腰かけると、お盆に載ったお茶が運ばれてくる。辺りを見渡すと、たくさんの人。隣には、どこか見覚えのある家族が四人。

息子をエアマットに寝かせ、手で押して波へと乗せてやる。波が引き、浜へと乗り上げると、目の前に先ほどの家族。おとうさんと、おかあさん。幼い姉弟が、濡れた砂でお城をつくる姿を、愛おしそうに笑顔で眺めている。銀の光につつまれた、家族四人のシルエット。まるで古い、八ミリフィルムのよう。それから息子は浅瀬で、ぷかぷかとしている。とうさんはそれを、ぼんやりと眺めている。息子は砂遊びは、しない。儚げな笑顔。返すとうさんの、同じような笑顔。

上がって海の家で二人、カレーライスを食べる。それから少し奮発もして、ラムネを注文してやる。ラムネの瓶を、空へ向けあどけなく振る息子。ガラス玉が、からんころんと鳴っている。光を放つその玉に、親子二人の濡れた影が、歪んでうつっている。ほどなく隣に、家族が上がってくる。さて、もうひと泳ぎ。重い腰を上げる。

時が経ち、空がだんだんと、薄曇りになってくる。そうしていつしか、みないなくなってしまう。海辺に遺るのは、私たちと、四人の家族だけ。もう、帰ろう。奇しくも、同じときに帰り支度を始める家族。波打ち際に遺るシャベルを、家族のおかあさんのところへと届けにゆく息子。それは、おいてある場所が違う。「ありがとう。でもこれ、うちのじゃないみたい」。君は違うと知っていながら、それを届けにゆくのだね。

お店の人がお茶をお盆に載せ、片づけを始める海の家を後にし、二人堤防に腰かけ、夕の風に吹かれる。みないなくなってしまった海を、ただ眺めている。海の家の店先の旗が、はたはたと靡いている。先ほどの波打ち際を、遠く家族四人が歩いている。あの日のかあさんと、娘とが、私たちとともに、歩んでいる。

雲間から急に、夕日の光が差し込んでくる。海辺の風景が、世界が、いっせいに黄金《こがね》いろに染まってしまう。そうして光に、海の家も、家族も、みなシルエットになって、四年前のあの日に還って、永遠になってしまう。

空中散歩

窓辺からそそぐ、春の陽射しに、ただ影となっている君を前にし、さて君は男の子なのか、女の子なのかと、ふと考えてみる。私は君の、とうさんなのだろうか、かあさんなのだろうか。寝起きに君は、もう、早く、ゆこう、とゆうのだね。

世はカーナバル。連休のうちのたった一日。子どもの日の今日は、故郷《ふるさと》の町を囲む山々の中で、空に最も近い、あの山の上の、ちいさな遊園地へと、ゆこう。君が雨雲の向こうの、それの話をしてくれたのだから。いいかい。ずっと手をつないで、ゆくよ。山の上へと向かい、ぐるぐるとらせん状に昇ると、そこが遊園地だよ。家族連れがいっぱい。ああ、そんなに焦って走ってはいけないよ。

見失ってしまう。先をゆく君の後ろ姿は、とうさんか、かあさんかに、似ているのだね。

いろいろな乗り物に乗り、それでも君は、君よりちいさな子たちの乗る、ちいさな乗り物にも乗りたいのだね。いいよ。五の円の玉にして、乗せてあげるよ。ちいさな島を穏やかに廻る、スワンの小舟も。風に緩やかに揺れる、最初の揺り籠も。ずっとずっと乗っておいでよ。落っこちては駄目だよ。いなくなっては駄目だよ。とうさんがここにいて、かあさんがここにいる。

家族連れでいっぱいだったこの遊園地。日暮れも近づいてきて、人ももう、疎らだね。園内放送が、聞こえてくる。もう、終わりだと。いやだ。帰りたくないよと、君はゆう。あのお空には、帰りたくないよと、君はゆう。分かったよ。最後にこの階段を昇り、あのサイクルレールへと、乗ろう。いいかい。ふたりでこの自転車を漕いで、空中散歩するんだよ。雨の日も、風の日も、一緒にペダルを漕いで、ゆくんだよ。ほら、あそこに見えるのが、とうさんの山。そこに見えるのが、かあさんの山。君はそれを水色の目で、何も言わずにじっと、見ているのだね。

ほら、夕陽が沈んでゆく。とうさんが、夕焼けになってゆく。かあさんが、夕焼けになってゆく。君が、夕焼けになってゆく。夕焼けに、さようなら。寂しくなったら、また逢いにおいで。いつでも君を、待ってるよ。

あとがき

親がなければ私はいません。自身も親になりました。仕事柄、家族というものを考える機会も多いのです。子どもに関わる仕事をしたこともあります。そのようなわけで、私には常に身近に家族というものがあります。この詩集は、そのような私が、身近に、あるいは広範に見てきた家族の姿を、虚実織り交ぜ物語にしたものです。

家族が個人に与える影響は計り知れません。たとえそこから離れたとしても、それは生涯においてつきまとうものかも知れません。問題は集積されて、社会問題にさえなります。家族は、綺麗ごとだけでは語ることができません。

家族はおかしくもあり、哀しくもあります。笑いたくもなり、泣きたくもなります。そのような家族の姿を、これまで写真に詩にと描いてきました。この詩集で家族は、前半に放散し、後半に収束へと向かいます。
この詩集をまとめてくださった思潮社の皆さまに、そしてお読みくださった読者の皆さまに、心から感謝をいたします。

石川厚志

二〇一八年七月

石川厚志（いしかわ・あつし）

東京都生まれ、埼玉県在住
千葉大学卒業
臨床心理士・写真家

詩集
『天使のいない場所』（二〇〇九年）
『が　ないからだ』（二〇一〇年）

日本現代詩人会、日本詩人クラブ会員

山《やま》の向《む》こうに家《いえ》はある

著者
石川厚志《いしかわあつし》
発行者
小田久郎
発行所
株式会社思潮社
〒一六二―〇八四二　東京都新宿区市谷砂土原町三―十五
電話〇三（三二六七）八一五三（営業）・八一四一（編集）
FAX〇三（三二六七）八一四二
印刷・製本所
三報社印刷株式会社
発行日
二〇一八年九月三十日